U0609038

山岗de花儿漫过野风

（保安族）　马学武　著

敦煌文艺出版社

图书在版编目（CIP）数据

花儿漫过野风的山岗 / 马学武著. -- 兰州：敦煌文艺出版社， 2018.11（2021.8重印）
ISBN 978-7-5468-1638-8

Ⅰ. ①花… Ⅱ. ①马… Ⅲ. ①诗集－中国－当代 Ⅳ. ①I227

中国版本图书馆CIP数据核字（2018）第249103号

花儿漫过野风的山岗

马学武　著

责任编辑：靳　莉
封面设计：石　璞

敦煌文艺出版社出版、发行
地址：（730030）兰州市城关区读者大道 568 号
邮箱：dunhuangwenyi1958@163.com
0931-8773258(编辑部)
0931-8773235(发行部)

北京一鑫印务有限责任公司印刷
开本 880 毫米×1230 毫米　1/32　印张 5.25　插页 2　字数 130 千
2018 年 11 月第 1 版　2021 年 8 月第 2 次印刷
印数：1 001～3 000 册

ISBN　978-7-5468-1638-8
定价：38. 00 元

如发现印装质量问题，影响阅读，请与出版社联系调换。

本书所有内容经作者同意授权，并许可使用。
未经同意，不得以任何形式复制。

以梦为马者 (代序)

张存学

  青年诗人马学武以其坚韧的力量行走在文学的路上，他曾干过许多职业，干过保安、会计、出纳员、保管员、统计员，也干过水电厂工人和单位的编外秘书，而他大多数时间是一个农民工，作为农民工他当过淘金的沙娃，采摘过棉花、枸杞，也曾在工厂的流水线上作业过，在建筑工地当过小工，用他自己的话说，"尝遍了人间冷暖和看尽了各式各样人物的脸色。对我来说，这个薄情的世界里，多情地活着，除了坚强，别无选择。"可以说，马学武是一个生活在底层的人，是一个地位卑微的人，对他来说，生存的艰难是他一直要面对的问题，而在此境况中他却在写诗，这对一个被世俗意识浸泡透的人来说是不可思议的，一个连生存都成问题的人竟然写没有实际用处的诗显然有悖常理，但这恰恰显示出了青年诗人马学武非同一般的人生追求。

  我对马学武的了解是几年前开始的，那时的马学武似乎还不太为许多人所知，那时就知道他生活上其实很艰难，但他依然坚持走在文学的路上。那时了解到他这些时对他的这种写作处境还是有过疑虑的，一般来说，身处艰难处境中的写作者大多会半途退出，他们往往由于实际生活的窘迫而离场，但马学武不是这样，在艰难的生活处境中他坚持了下来，并显现出越来越自信的力量。

从另外一个角度看，马学武从事文学创作具有一种决绝的性质。在一个将利益、将金钱、将权力看得高过一切的社会中，特别是在一个小的环境中，把利益、金钱、权力看得更加重要，看得更加迫切时，搞文学创作不但被看成是狂想的行为，而且也是被嗤之以鼻的行为。世俗的力量覆盖着所有的人，也使大多数人处于蒙昧不明的状态，他们至死都不会明白真实的人是应该怎么生活的。马学武在这样的环境中决绝而起，文学对于他来说是一盏灯，这盏灯是他自己找到的，是他自己认识到的。由此，文学对于他来说是一种冲破蒙昧的光，是一种真正能在精神上提升自我的光。那么，从这个角度看，对马学武就有了几分敬意。

同时，写诗对他来说也是一种梦，这样的梦是对现实生活的融通，也是对光明的另一种持守和仰望，因此，读马学武的诗时能感觉到他超拔于世俗之上的梦想，也能感觉到他对世事的痛彻体察，他的诗是真正的艺术行动，具有以梦为马的在场性。

在他的身后，保安族的文化志士们前赴后继擎起文化的旗帜谱写着精神的篇章。作为一名保安族青年诗人，马学武在持守自己的精神品质时也主动承担起了保安族文化传承的责任，这是非常难得的。

愿学武在文学之路上走得更好！是为序。

花儿漫过野风的山岗 | 目录

目 录

第二辑　多梦的季节

第四辑　打工诗抄

后　记

第一辑 ————

在河之洲

走近甘河滩

走近甘河滩

走近保安山庄

阳光笑容可掬

干涸的河床上镀上了金子

不远处，我看见一个保安女人

正在筛沙

她从容地支起沙床

犹如一位画家支起画架

然后尽情地

挥毫泼墨

她扬沙的姿势

的确很美

像是在舞蹈

她优美的身后

一座又一座青藏高原

一座又一座喜马拉雅山

一座又一座珠穆朗玛峰

积石山

遥想当年

积石山

女娲氏炼石补天

唯一一块被遗忘的神石

今夜

神们神石之上

或谈古

或论今

临夏写意

从临夏步行到河州
要走很长很长的路
还要拐弯抹角
从河州回到临夏
一路顺风
几步之遥
多情的大夏河
充满诗情画意
一种被称为世界民歌的"花儿"
天地间，四季盛开
耀眼地流淌

河州逆水而上
临夏也逆水而上

念东乡

黄河，天马行空

一匹奔马的魅力

呼啸而来

又呼啸而去

慈祥的嘴唇

除了没有亲吻到南乡的手背

却能亲吻到西乡的手背

北乡的手背

和东乡的手背

亲爱的东乡，我的兄弟姐妹

土豆一样淳朴

一场甘霖

始终姗姗来迟

我替你喊——

这坚硬的渴

咏河州

一条扁担堪称神勇
一头挑着河州
一头挑着温州

西部没有宽广的大海吗
你是各路商贾的好避风港
茶马互市
再次惊艳演绎

是谁向往麦加
又谁向往临夏
信仰比石头还坚硬

思 乡

那一天，我用特有的高八度

终于吼了一声

老家的民歌

——河州花儿

背着年轻的行囊

远走他乡

梦中的小积石山

像父亲高大的背影

陪伴我走过所有的风

和所有的雨

温柔的黄河水呵

多像梦中的母亲

站在家门口

翘首期盼

喊任性孩儿的乳名

回——家

东 乡

走近东乡，迈着坚实的脚步
满目黄土
满目金
亲爱的东乡
我的恋人

东乡的山呵
高大深邃
像一位哲人
你的诠释，我至今未懂
东乡的水呵
犹如那位梦中的你
柔情似水
搅乱了，我悠长悠长的梦

驻足这块金黄金黄的土地
我要努力去寻觅汪玉良马自祥冯岩的脚印
离开那条河
让我醉卧在马俊马永华何清祥的

金嗓子里

远离东乡
思念东乡

黄河从我家门前流过

有一条河流，波澜壮阔
从我家门前堆起千堆雪
又慢慢地融化
融化了我的童年
融化了我的少年
融化了我的身体
融化了我的梦境

有一条河流，从我家门口融化
我长大以后，才知道
她叫黄河
才知道，天下只有一条黄河

有一条河流
叫黄河
无数次地融化在我家门口

花　儿

花儿是老家民歌的一支别称
花儿是一位漂亮女孩子的芳名
无数次地对着远山喊
——花儿
花儿也对着远山
轻轻地喊我

每次喊花儿
每次都荡气又回肠
不见花儿的影子
日子就淡若止水

凝视陕北（组诗）

仰望历史
捧读陕北
那一块高天厚土呵
多么神奇
那一孔窑洞呵
多么迷人
那一枚红枣呵
饱含深情
那一支歌谣呵
山河壮丽

南泥湾，延河，宝塔山，窑洞
……山丹花
一度映红了历史的
天空

遥远的甘南草原

遥远的甘南草原
并非遥远

蓝天一样宽广的草原

草原一样宽广的胸怀

羊群和云朵

一样洁白

遥远的甘南草原

并非遥远

城里跑车辆

城外跑牛羊

一只苍鹰在天空中飞翔

像诗人丹正贡布，又像诗人伊丹才让

遥远的甘南草原

并非遥远

昨日我打马而过

卓玛的家门口

身着红袄的卓玛像一团火

在阳光下

或燃烧

或舞蹈

遥望西海固

黄河流过宁夏

黄河流过无数个村庄

西海固呵

那一块高天

和厚土

是我永远的疼

季节，如期变换了

我依然守旧

谁的眼泪

造化了一场雨

总是姗姗来迟

西海固

我的父老乡亲

播下了麦子

也播下了希望

收获的脚步

总是在途中

徘徊不定

青海印象

大美青海，我的恋人

黄河是一条很长很长的辫子

长江又是一条很长很长的辫子

大美青海，我的恋人

风吹草地见牛羊

格桑花姐妹轻揽青海湖

梳妆打扮

伊犁，伊犁

伊犁，亲爱的
你为何总是在天之涯
疆之界
今夜，我的思绪像一枝响箭
穿过千山
穿过万水
穿过冬季
穿过黑夜
落在你的身边
多情的伊犁河呵
为谁弹唱
哈萨克情歌呵
永驻在我的心房

今天，我再次漫步在伊犁河畔
满园春色
和虚掩的门

雪落青海

昨夜一场风
今朝一场雪
极目远眺
积石关外
青海不青
黄河不黄

突然，天地间走来了
一只又一只企鹅
一群又一群企鹅
多像我乡下的麻雀
叽叽喳喳
叽叽喳喳
叽叽喳喳
……

青海湖

飞向青藏高原
拍打着翅膀蹲在世界屋脊
青海湖
是谁的一颗饱满深情的
眼泪呵

我的思绪
犹如鸟岛上空
飞翔的小鸟
飘
落
不
定

河州花儿

古老的河州大地

生长民歌的沃土

一种被称为世界民歌的"花儿"

亘古至今

盛行不已

每一年的六月六或四月八

人如潮

歌似海

你看那天上的三千位仙女，也耐不住

寂寞

纷纷下凡

与人间少年

竞风流

走近齐家坪

漫步在美丽的广通河畔

巷头或街尾

有一个关键词

总是挥之不去

齐家文化

那时候，广通河在广通河之上

洮河在洮河之上

黄河在黄河之上

水啊，水

全世界都是水

齐家人只好占据了各个山头

齐家人的心中只有

诺亚方舟

未成熟的麦子

在山水之间

成群结队的牛羊

在山水之间

美丽的景色

在山水之间

噩梦，终于退出了记忆
灿烂最终被搁浅在半山村
时间使水患转换成历史
齐家人躺在博物馆里
或洁白的纸上
受人顶礼膜拜

河州，亲爱的河州

河州，我亲爱的河州
每一个夜晚
触手可摸
有一位佳人从《诗经》深处走来
又走进美丽的唐诗宋词里
静静地走在时间之上
空间之上

河州，亲爱的河州
有一位英俊少年
在相思河畔，日夜忘情地抒情
河州花儿
被风干的《诗经》
唱出来是动人的歌谣
唱不出来是诗呵

大河家

走呵！义无反顾地走
带上你的太阳帽
带上你的太阳镜
带上你的花衬衫
带上你的牛仔裤
带上你的沉重的行囊
不见黄河
莫回头

走呵！义无反顾地走
黄河之水从不向西流
大河家
黄河之家
我的保安山庄
犹抱琵琶
半遮面

老家老了

老家老了
或许八百岁了
或许一千岁了
或许一万岁了

老家老了
说老也是一夜之间的事

与母亲通电话

越过时间
越过空间
越过黑色
与年迈的母亲
通电话
很长很长的时间之上

长满老茧的乡音里
我读懂了母亲
和故乡的温柔

神往隆务

一个梦
竟做了整整一个半世纪
梦醒时
故乡在那一头的那一头
思念
太沉重
如伟岸的多曼山
情感
太富有
恰似奔腾的保安河

明晨
我将变成一只雄鹰
展翅飞翔
飞向隆务
沿着保安河
顺水而下
寻觅父亲的英姿
母亲的倩影

我站在高高的山岗上喊花儿

谁的大草原

一望无际

谁的羊群

如此散漫

我站在高高的山岗上

喊花儿

一天又一天

一年又一年

始终没有跑调

跑调的是随意的风

诗意的青山

开始流淌了

多情的大墩峡流水

开始倒立了

我站在高高的山岗上

喊花儿

此时此刻，有个叫花儿妹子的心

始终

魂不守舍

走出隆务（组诗）

一场龙卷风
大清同治年间，突然从天而降
美好的家园
一夜之间，飘摇不定
英雄的父辈们呵
怀揣石头一样坚硬的信念
迎风而出
抛弃家产
抛弃田地
抛弃牛羊
但没有抛弃历史
正如历史也没有抛弃我们一样

记忆，至今隐隐作疼
我是父辈留下的一颗种子
或一条根

朗家部落

一山难容两虎

这不是新鲜词儿
历史的悲剧再次无聊地演绎
某个大土司
卑鄙小人
某个部落
重利忘义
亲如兄弟般的郎家部落
拔刀相助
站在正义的一面
与时间同在
温暖一辈子

智慧勇敢的扎西
替我们流血
美丽聪颖的桑吉卓玛
给我们作向导
忘记过去
意味着背叛
今天，我把世上最美的赞词
献给你
朗家部落

撒拉十三工

积石关外

黄河之水从天上来

积石关内

黄河又突然向东离去

我们是父辈播下的一颗种子

既然是一颗种子

再飞翔一次吧

有阳光和空气的地方

谢绝了撒拉八工的美丽

和外五工的富饶

貌若天仙女般的撒拉尔女郎

阿里玛

在赞词之上

矗立起一道最美丽的

风景

再别乩藏

轻易地走出了虎穴

却没有轻易地走出龙潭

我们是任人宰割的羔羊吗

乩藏，厮守你的每个夜晚

没有鸡鸣

只有狗叫

受伤的心

至今流血不止

沉重的脚步
一直敲击着大地
和脚下的灵魂

栖息大河家

积石山的筋骨
总是连着多曼山
保安河，总是千折百回
最终汇入了黄河
飞翔的种子呵
总归要洒落大地
我们的使命
不是流浪
我们的信念
是生根
或发芽
我们不愿再浪迹天涯

大河家
一条河流的家
也是我们保安人
最终的栖息之地

保安，我们昨日的家园

保安人远走高飞了
古老的城堡没有飞
保安河里至今流淌着
保安人思乡的泪水
为了比金子还闪亮的尊严
为了信念比石头还坚硬
英勇的父辈们冲出一条血路
扶老携幼
弃家出走

保安，我们昨日的家园
远离故土的游子
时刻想念
因想念过度
保安，便成了我们的
名和姓

保安山庄

保安山庄，天高云淡
向西的向西是青海
向东的向东是甘肃
一条被称为黄河的河流
诗意地流淌

保安山庄，天高云淡
许多忠骨，深埋在黄土之下
许多灵魂，鲜活在黄土之上

保安山庄，天高云淡
一只雄鹰，在蓝天下
自由地翱翔
或放歌

保安人

我让清凌凌的黄河水
泛起浪花
我让每一朵浪花
献给小积石山峰
我让直插云霄的小积石山山峰
倒映在黄河
我让我的保安山庄
镶嵌在山水之间
冬季走了留下了一处白
春季走了留下了一朵花
夏季走了留下了一片阳光
秋季走了留下了一枚果实

我让我的梦
一头牵着我的保安山庄
另一头牵着山外
我让我的先辈或族人
依旧定格在山水之间
镶嵌在我的
诗行间

静安堡

走近保安山庄
走近大墩村
走近"积石锁钥"
走近灵魂深处
古老的城堡依旧在
炮台依旧在
瞭望哨依旧在
鲜活的先辈们
藏在时间的身后
手持大刀和长缨
保家为民

自从筑起了坚固不破的静安堡
关外的豺狼
不敢轻易入关
关内的牛羊
不轻易丢失一只
记忆的风
已吹远
一群雪白的鸽子

带着鸽哨，保安山庄上空

书写诗意

怀 念

夜很深很深了
突然传来父亲的咳嗽声
和母亲捶背的身影
在家的每个夜晚
父亲的身躯
像一部失修多年的机器
有些部件已更换
有些部件也锈迹斑斑
或需要更换

即使离家最远的
每个夜晚
总能听见父亲剧烈地咳嗽声
和母亲捶背的身影

大河家之秋

步入秋天
秋天从秋天深处探出头来
夕阳西下了
黄河水诗意地流淌
最终流淌到
一幅画中
手握一把弯镰
眼望保安山庄
这一望无际的金黄呵

亲爱的，这是我们
相爱的
结晶

永不凋谢的河州花儿

白色的花，红色的花，黄色的花
蓝色的花……
各种各样的花朵
把世界打扮得新娘子一般

有位远方的友人疑惑不解
特意致信疑问，为何你家乡的花儿
最寒冷的冬天也鲜活盛开
我骄傲地告诉他
唯有我家乡的河州花儿
不受时间的约束
和空间的限制

故乡的河州花儿
是心灵的植被
她是前世的仙子
或仙女

回望大墩峡

少年的大墩峡
只有风吹
只有草响
只有鸟语

中年的大墩峡
除了山花烂漫
还有欢歌
或笑语

我的大墩峡呵
始终介于，动与静之间
游走

黑女人

青稞美酒——黑女人
我神往依旧
首次遭遇黑女人
是在西宁的某个酒吧

黑女人和青海"花儿"是一对亲姐妹
她俩手挽手
一同走来
又一同离去

都市的天空

走近大都市，阅遍繁华

时间会证明一切

水泥，钢筋和玻璃勾勒的世界

的确很小

容不下我的近视欲望

一阵狂风吹过

晴朗的天空中飞翔着一群乌黑的

塑料袋

多像我乡下的乡党——乌鸦

无聊透顶地

沉浮不已

神往雄鹰

从现代文学馆返回到鲁迅文学院的途中
一只雄鹰
在朝阳区某个公园的上空
一会儿飞翔
一会儿盘旋

久违的雄鹰啊
你究竟是何方风筝

我迷失了方向

脚踩上那一条大道
深知有一块金子深埋在地下
期待着它闪闪发光
映入眼帘的只是玻璃碎片之类的
是在发光
也很耀眼

我不停地行走，大地腹地
有人跟我一样
也迷失了方向

石　海

黑夜的海洋上
我小心翼翼地走进梦境
只有梦中的吹麻滩
水草肥美
白云悠悠
牧歌也悠悠
突然看见一群石头们
在奔跑
在静卧
在啃阳光
在咩咩地唱歌
或舞蹈

我小心翼翼地走进梦中
走进吹麻滩
你看那只领头的羊呵
叫鲁班爷

第二辑 ————

多梦的季节

卓 玛

今夜
身着红袄的卓玛像一团火
走进我的诗歌深处
沉睡了
怎么也赶不进
我的梦中
烤着火炉，守护卓玛
犹如守护一群羔羊
我就是那个过往的牧羊人

此时此刻，卓玛
一个爱唱情歌的女子
轻而易举，虏走了
我所有的情感
今夜，只有今夜
我的名字叫
扎——西

初　恋

一封悠长悠长的
情书
一次莫名其妙的
心跳
和脸红

伊人，至今
傲立梦中

落叶时节

那一天
我走到秋天的最深处
不敢高声喧哗
也不敢放肆地嬉笑打闹
怕我的声音，会抖落掉
那棵枯树上的
那片落叶

我想那片落叶
一定没有完全准备好
这个季节的
情感

相　思

相逢不等于相识
相识不等于相知

只有相逢在黑夜的海洋上
相思才在相思的花瓣上

钓

这不是静静的渭河
我也不是三千年前的那个固执的
姜老头
夕阳西下了
我出去钓鱼
带上可爱的渔具
带上可爱的心情
没有钓到你的倩影啊
却钓到一片陌生
为了钓到你
每当黄昏来临的时刻
我总是出去家门
一次又一次
放长线，垂钓
黄昏的
骨感

你的电话号码

那几位极为平常的阿拉伯数字
像一支整齐的队伍
瞬间，如此魅力无比
是你
是你的倩影
给我无限的温馨

没有你的日子
那几位可爱的阿拉伯数字
让我如此激情
如此
牵
肠
挂
肚

思　念

今夜
你一定属于我
我一定属于你
你是我的
我是你的
最甜蜜的
梦呓

那一间出租屋

今夜，月光
陶醉了
你没有踏歌而来
今夜，我是那条路口的
那尊雕塑

今夜
你对不住我
我对不住你
我们对不住那一间
出租屋
那一间出租屋呵！
对不住，我们遥远的
食欲

花儿漫过野风的山岗

盛夏

请你不要留下一片苍白的缺憾吧

愿一种被称为世界民歌的花儿

漫过野风的山岗

由远及近

漫过我的心头

我的心情突然长出翅膀

羽毛丰满

飞向四方

爱情呵！为了你

胡子和麦子一同疯长

女 人

没有春暖花开的季节
没有诗情画意的黄昏
女人是崭新的花朵
走在男人的季节里
花儿一般静静地开放
自由地飞翔

女人的娇艳
是所有男人梦中的
呓语

一列火车

一列火车
像一条巨龙
在大地腹地飞舞
或引颈高歌

一列火车
只为你而来
又为你而去

一列火车
最后融进一首诗里

表　姐

记忆深处，十八岁的表姐
像一朵耀眼无比的山丹花
晨风中摇曳
阳光下灿烂
每一次，她总是从美丽的童话中走来
走进我的梦中
她的情歌
染红了天地
也染红了我的童年

十八岁的表姐，终于出嫁了
和她那颗火红的心
一同嫁给了远方
远方究竟有多远
童年的梦中
竟一次也未曾
到达过

有那么一朵云

有那么一朵云
清晨在东边
有那么一朵云
黄昏在西边

有那么一朵云
悄悄地向我走来
有那么一朵云
默默地离我而去

有那么一朵云
没有带走我的欢欣
有那么一朵云
没有给我带来忧虑

有那么一朵云
没有飞到我的身边
有那么一朵云
没有离开我的天空

爱情悲剧

一个秋日的正午

屋外，一对年轻的苍蝇

正在谈情说爱

又一个秋日的正午

那一对热恋的苍蝇

走进屋内

偷吃禁果

突然被一个老女人

无意中撞见了

她竟轻轻地一拍打

于是，一对热恋的情侣

就这么死了

一场爱情悲剧

就这么落下了帷幕

忆江南

江南大地

像一个水灵灵的女子

水字当头

沃野千里

一个北方男子的心

突然被受潮

飞翔的翅膀

变得格外的臃肿

没有你的日子里

黑夜的海洋
很茫然
没有你的日子里
令人窒息

没有你的日子里
我属于我的影子
也属于自己的温柔

情 殇

不是说，好了伤疤忘了疼吗
其实伤口一直没有愈合
也无法愈合

无法愈合的伤口
不必刻意地去疗养
干脆撒点盐巴
痛快淋漓

摆　渡

清晨的池塘里
游荡着一双绣花鞋
穿鞋的人
芳踪难觅

夜深人静
是谁在任意地摆渡

脸　面

一个男人
在楼上
精细地修理他阳刚的胡须
不慎，刮破了脸
为一个并不耀眼的
女人

一个女人
在楼下
被撕破了脸
为一个不及格的
男人

黑　夜

黑夜
像一位热情的女人
每天一次
如期而来
又如期而去

黑夜
像一位温柔的手
悄悄地蒙上我的眼睛
让我忘记了
贫穷和寂寞

尘封的心

钥匙
已被丢失
锁是否要抛弃
尘封的心
为你，苦苦地
等待

陪女人上街

某个星期天

我陪我的女人上街

走过所有的街道

走过所有的商铺

爱抚过所有的商品

问候过所有的标价

最终，我和我的女人

除了疲劳

两手空空

回到

家中

牧羊女

春天的早晨
多么充满激情呵
晨风中看见一位牧羊女
甩着皮鞭
和一群又瘦又小的羊儿
快乐地上山

秋日的黄昏
多么的诗意呵
夕阳下看见那位牧羊女
唱着情歌
和一群又肥又大的羊儿
快乐地回家

我是一枚茶叶

我像一枚顽皮的茶叶
不小心
掉进你尘世的杯子里
几番风雨
几次挣扎

如今，你已远走他乡
日子像风
像雨
又像雾

第三辑 ————

与书交谈

雪

远离了大风的号角
大地一片无聊
突然，雪从远方裹着一身白
迈着潮湿的心
一路走来

雪的乳房膨胀时
铺成一张稿纸
阳光，只有阳光哗啦啦的
在上面尽情地挥洒自如
我在不远处
翻阅一张浑身皱纹的旧报纸
也翻阅叫阳光诗人
留下的诗

冬 日

与雪花无关

与北风无关

丝毫没有绿意的土地上

日子简单而贫穷

没有蛙鸣

没有蝴蝶飞舞

没有蚂蚁搬家

蓝天和白云

出乎意料的静美

偶尔看见一只苍鹰

划了一个美丽的弧线

又飞走了

眼望许多人

天地间行走

走着走着，也走进了尘土深处

唯有心脏比身体硕大

时常流浪在

身躯之外

雪呵，雪

天堂，似乎并非遥远

甚至触手可摸

雪花，这些可爱的天使们

从天堂中飘来

洋洋洒洒

竟一夜之间

她的洁白

把所有的土地格外哲理

她的神圣

使所有沉睡的灵魂

重新苏醒

钻天杨

你看那钻天杨
他最具有男儿的风采
顶
天
立
地

你看那钻天杨
他最具有诗人的气质
不
卑
不
亢

咏 竹

虚心些
再虚心些吧
你是虚心者的典范

上进点
再上进点啊
你是上进者的榜样

2012 年的第一场雪

11 月 1 日，2012 年的第一场雪
飘落京城
洋洋洒洒
我并不惊奇
惊奇的是这个季节
竟一夜之间
从夏天直接走到冬季
我惊奇
一个人，又一个人
一群人，又一群人
在宽广的马路上
纷纷摔倒
又爬起来

2012 年的第一场雪呵
洋洋洒洒
我又看见一个女诗人
在雪花飘落的互联网中
独自舞蹈

瀑　布

究竟是谁
刺伤了你的心
为何你的心，脆弱不堪
为何你竟一口气跑到
大山深处来

哭吧，把所有的痛苦哭出来
只有哭出来的风景
最骨感

春　天

阳光孕育阳光
黑暗制造黑暗
春天依然很遥远
黑夜，依依不舍

赞美光的力量

大地沉睡了

整整一个晚上没醒来

空气也死了

清晨，太阳的第一束光芒

一下子砸进来

在大地深处

惊飞了一群白鸽

唯有一对雪白的鸽子

没有起飞

蹲在枝头上

窃窃私语

赞美光的力量

梦

如果每一个梦都是真的
我是多么的快乐，多么的快乐呵
天堂将触手可摸
除了诗意
就是诗意

如果每一个梦都是真的
我是多么的不幸，多么的不幸呵
千百次的死去活来
千百次的活来又死去
除了疼痛
就是疼痛

温室效益

竟一墙之隔
温度绝对零下 40 摄氏度以下
在墙外
寒风引颈高歌
雪花肆虐
温度又 28 摄氏度以上
果实诱惑
鲜花盛开
在墙内的世界

时光如水

时光如水，每一天
从我身边缓缓地流淌
于是，我挥舞着双手
除了一把汗颜
一无所有

时光如水，每一天
牵着我的手
也牵着你的手

飞 翔

我站在中午的最高处
预备飞翔
最终没有飞起来
因为我的翅膀
没有丰满的羽毛

我只有站在午夜的最低处
努力地飞翔

清晨的绿茵场

清晨的阳光

绿茵场上，一阵哗啦哗啦地扫描

几个勤劳的园艺工人

多像我乡下的兄弟

在流淌的汗水中

或修剪

或浇灌

一群毛头小子在旁边

只为一个黑白相间的小球

争得死去活来

此时此刻，我的心

被他们踩得

好疼

蝙蝠的自白

我是一只猛兽吗
我有飞翔的翅膀
我是飞翔的小鸟吗
我有坚硬的牙齿
我想飞翔
已遭到小人的暗算
我想开口讲话
早已有人把我身败名裂

我的黑夜
比白天多啊

误入仙境

跨上神奇的白马
不慎
误入仙境
……
误入仙境
跨上白马

人在旅途

人在旅途
前不着店
后不着村
我们都摸着石头
过河
每一天的每一天

狼啸苍天

狼来了
狼来了
狼来了……
狼一直没有来
它直接走进我的梦境
苍狼经常出没的地方
一夜之间，生长出
几座摩天高楼
狼啸苍天
是我今生今世唯一的
梦想

天空遐想（组诗）

蓝 天

我知道
你的大草原
一望无际
你的羊群，一片洁白
就是寻觅不到
那顶令人神往留恋的帐篷
和心仪已久的姑娘
——卓玛

雷

是谁的鞭子
竟那么长
甩得又是那么震天响
受伤的心，至今
隐隐作疼

雨

我知道
你是上苍的眼泪
我却不知
你究竟为谁
而哭泣

白 云

一群绵羊
几朵棉花
牧羊人在何处
采棉工在哪里

渴望像石头一样活着

一千个石头
一百千个可爱的模样
一千个石头们
一千个魅力个性
我最喜欢阅读石头们走路，脚踏实地
咚咚咚地作响
一步一个深深的脚印
与石头们交流
分外真诚
有时突然迸出美丽的传说
只要是石头们
可以深埋在地下
可以沉默一万年
永不变质
永不褪色

我总是渴望
像石头一样活着
哪怕是一天
或半日

季节属于女人

季节属于男人
也属于女人
最终属于女人

季节随着女人而变
女人说春天就是春天
女人说夏季就是夏季
女人说秋天就是秋天
女人说冬季就是冬季
唯有男人
跟随女人跑
唯有女人
跟随风儿跑

走过大都市

我没有敲门
也根本没有按响门铃
悄悄地跨进这座大都市的门槛
大都市
我只有梦中才领略够
大都市没有青山
没有绿水
只有山一样高的楼群
一座又一座
流淌的只是七彩的灯
和塑料制成的花
大都市没有民歌
只有虚拟的
激情

走过大都市
走过尘世的浮躁
和自己的
渺小

聋子的耳朵

我从小缺爱
长大缺钙
如今落下了耳背的毛病
与你交谈
完全没有听懂
只能理解大意而已
其实，耳背
也没啥不好
动听的话
不必完全听明白
多余的话
不必听
这样也不是更好吗

聋子的耳朵，真的
没啥不好

诗与生活

眺望市政府统办大楼
像一个精致的火柴盒
近看市政府统办大楼
像一座突兀的高山
市文联就在九楼
碰巧我乘的电梯
双号楼层停
我宁可在第十层落脚
再庸俗地步行到九层
不想八层上停
再浪漫地更上一层楼去
假装斯文，激扬文字一番

诗歌毕竟是诗歌
生活终归是生活
该庸俗的时刻
容不得，半点
装逼

天上或人间

天上有太阳的时候

地上也有太阳

天上的太阳照耀天上

地上的太阳照耀地上

天上的灯亮起来的时候

地上的灯也亮起来了

天上的人

在天上的路灯下行走

地上的人

在地上的路灯下行走

另一半

那一支曲子
只演奏了一半
另一半
在我的心房里
激荡不已

那一本书
只读了一半
另一半
直接走进我的心里
燃烧不定

登泰山

那一天
我踏着前人的足迹
或疾步如飞
或艰难攀登

那一天
我终于触手可摸
天的
最低处
也坐到
地的
最高处

乡 下

河水开始泛绿的时候
我将播下希望的种子
布谷声声中
麦子和信念，一同疯长

金秋八月
我和我的乡邻，收获粮食
和爱情

赞　美

海枯了
石头却没有腐烂
这个爱情的唯一见证者
沉默如金

今夜
我高声赞美爱情
也高声赞美石头

梦青鸟

未曾目睹青鸟
也不知青鸟是何种模样
梦中
唯有在梦中
才认真地去追逐

唯恐天亮
唯恐梦醒

一支正在燃烧的香烟

我在我的前面
影子在影子之后
我是一支正在燃烧的香烟
黑暗之中
是谁把我高高地举起
是谁在燃烧我的身躯
是谁把我无情地吞进去
又吐出来

即将熄灭的烟头
是我的宿命

蝴　蝶

今夜，可爱的庄周
飞进我的梦中
可爱的蝴蝶
也飞进我的梦中
竟一夜之间
今夜，我的体内也长出了翅膀
飞进自己的梦中
竟一夜之间

今夜，三只美丽的蝴蝶
翩翩起舞
末了
对影成一首诗

儿童节

黎明从黑暗中醒来

晨光从黎明中醒来

敬爱的父亲母亲从孩子中醒来

孩子们从花朵中醒来

花朵们从天堂中醒来

我是曾经的孩子

孩子是曾经的花朵

花朵是曾经的天使

今天，我是每个孩子的父母

昨天，我是每个父母的孩子

水果糖永远结在树上

一枚水果糖
两枚水果糖
三枚水果糖
……
无数枚美丽的水果糖结在树上
风和日丽
或最爱咀嚼水糖果的日子里

糖果树最诗意
树冠很大很大
树叶也很精致
糖果树和其他果树一样
春天开花
秋天结果
最爱咀嚼糖的日子里

一个中学生在抽烟

清晨
看见一个中学生，在上学途中
学抽烟
他抽烟的姿势实在是笨拙
像一个千金小姐，学做家务活
一不小心被烧灼了手
又像得了严重肺病的人
咳嗽不止

此时此刻，我的心也不自觉地跟他
一阵剧烈地
咳嗽不止

观赏 《黄河大合唱》

那一种雄壮的乐曲
飘向我耳际时
我的血管在急剧膨胀
血液在沸腾
心在燃烧

那一种雄壮的乐曲
飘向我耳际时
看见一群衣衫不整的人们
前赴后继
寻找温暖和光明
他们的信仰
是我一生的食粮

那一种雄壮的乐曲
飘向我耳际时
世界一片朦胧

登天安门城楼

半个世纪前的一个金秋的日子里
阳光格外的灿烂
一位东方巨人
站在城楼上，巨手一挥
用湖南方言不知抒情了句什么
让整个宇宙都听到了
于是，所有的中国人
齐刷刷地站起来了
我却在六十年后，才听到

今天
我也登上天安门城楼
也是一个金秋的日子
也阳光灿烂
我学着那巨人的样子
用自己的甘肃方言也抒情了那一句话
最终除了自己
谁也没有听见

与书交谈

夜已经很深很深了
寂寞在寂寞之外
孤独在孤独之外
突然，一本书
两本书
三本书……
许多书纷纷地从书架上
跳下来
多像我的几个兄弟
与我交谈
与我争吵

情到深处
悲喜交加

鲁迅先生

你阳刚的胡须是一首诗
你得体的长衫是一首诗
你优美的抽香烟神态是一首诗
你的笔直的头发是一首诗
古老而年轻祖国的文学天空里
有许多个星星交辉映
唯有你
——敬爱的鲁迅先生
耀眼无比

那时候，你鲜活在教科书里
鲜活在我的梦里
而我鲜活在我的游戏里
鲜活在自己的影子里
一个"早"字
给我无限遐想
别人时常活见鬼
而你始终活踢鬼
你的影子，默默地庇护着我
即使在最漆黑的夜里

我再也用不吹着口哨
壮胆，赶路

像海子一样生活

从现在起

我要拜你为师

做个诚实的人

诵经，礼拜，敬主爱人

不骂人，不打架，不非议别人

为每一个陌生人祝福

把灵魂深处打扫得干干净净

让一切美好的东西永驻心房

清晨或黄昏

我要亲吻每一朵花儿

抚摸每一株小草

拥抱每一棵树木

听百灵鸟儿歌唱

与岩羊赛跑

感激造物主

感激阳光，空气和水分

每一天，我要给南半球的友人们打电话

写信和发语音，或视频聊天

让世界的每个角落，春暖花开

从现在起

我拜你为师

要做个诚实的人

侍弄庄稼，只关心蔬菜和粮食

不读圣贤书，不写陈词滥调

我怕书中有毒

无药可救

我用我的寂寞和孤独

去敲天堂的门

从徐志摩想到阿麦

祖国的蓝天无限大

唯有一个诗人

坐在飞机驾驶室里写诗

——徐志摩

今天，无数个诗人

右手紧握汽车的方向盘

左手却自觉地写诗

包括诗人阿麦

徐志摩和泰戈尔，情谊暧昧

还有林徽因

沙扬娜拉　沙扬娜拉　沙扬娜拉

……

温柔似水的东洋女郎

徐才子的诗情至今漫过康桥

不相识阿麦时

但愿他是个真才女

首次遭遇阿麦时，得知他有一位美丽的太太

还有一个情人

——阿赫玛托娃

他们时常在梦中的后花园里

隔三差五地幽会，偷情
世界上可以没有国王
但不能没有诗人呵
阅读阿麦就像阅读他本人一样
温度不断地增高

致牧马人

——写给尚文

你的父亲走了
刚刚离去
和你
和你幼小的马群
听说你很悲哀
你应该悲哀

因为你的父亲是金子般的人
许多人这么说
我也这么说
好好地放牧吧
勇敢的牧马人
当你的马群壮大奔跑时
你不用悲哀了
因为你心中不只有马群
还有诗和远方

绿 木

走近西宁

走近凉爽

乘公交车从城东到城西是一元

从城南到城北又是一元

我站在天桥上望我的乡党诗人——绿木

绿木站在市供电公司门口

茫茫人海中

在努力地打捞我

谈天论地，包括谈文学

最多的时候谈诗歌

他的诗歌有点像他乡下的麦子

一茬又一茬

不断地生长

不断地收获

李 白

世上的好酒
你差不多喝完了
或许正因为如此
如今市上假茅台多
真茅台少

地上的路
你差不多走遍了
走不到的
你叫后人们坐高铁
乘飞机去

天上的月亮
你也不放过
就像品好酒一样
去大口大口地品尝
正因为如此,如今的月亮
只有一个月
才圆一次

走完了路

你去赏月

赏完了月

你去饮酒

你不醉不作诗

醉后诗百篇

怪不得，你的诗里

至今还散发着醇香的酒味

不闻则罢

一闻便醉得不浅

比 喻

昨日，大人国公民的一口唾沫

淹死了一个小人国的公民

今日，大人国公民的一泡尿

洪水滔天

淹死了许多无辜小人国公民

明日或许大人国公民的一个响屁

使所有小人国公民被吹走

或惊吓死

走进家庭影院

打开荧光屏

温馨地走进了家庭影院

每次都是清一色的香港货

香港武打片

香港枪战片

香港情爱片

亲爱的香港呵

我怎么也读不懂

一块弹丸之地

为何拥有那么多的

生　死　恩　怨

老诗人

——写给一位当地诗人

与老诗人攀谈时

像触电一般

温室的黄瓜、西红柿还未上市

去年储藏的大白菜

照旧走俏

拿剃头刀的

跟握手术刀的一样赚钱

这不再是什么新鲜词了

一个毛头小子

在某家县级刊物中发表了一篇日记

竟然自称大文豪

激动之处，老诗人

拍案而起

还骂了一句：呸

娘希匹

老诗人，踏踏实实地做了一辈子人

老诗人，踏踏实实地爬了一辈子格子

就是没把诗

当饭吃

老诗人决心再做一辈子人
老诗人决心再爬一辈子格子

怨禹王

走近禹王庙
善男信女们走远
香火已断
只留下禹王的脚印，有的深
有的浅
和断墙残垣
驻足禹王治水的源头
黄河依旧浑浊兮
谷风依旧向西吹
望不见禹王的
威武
和臣民的干劲
此时此刻，我多么希望
黄河向西流淌
流入西海

禹王啊！禹王
你治水没有错
但你不该治黄河源头
君不见，如今的

大西北
水土极度流失
沙尘暴肆虐吗

怀念伯乐

两千年前

尊敬的伯乐先生

最后一次相马之后

世上再也没有出现过

一匹千里马了

千里马和伯乐先生

一同走进了历史的

最深处

今天，善良的人们

怀念千里马

更怀念

伯乐先生

仰望毛泽东

我仰望喜马拉雅山一般
仰望井冈山
我仰望井冈山一般
仰望毛泽东
那一年，毛泽东
一介书生
站在井冈山之巅
开始激扬文字

因为毛泽东
东方的天空格外亮堂了
世界变得丰满了

第四辑 ————

打工诗抄

我变成了一架机器

走近工厂
走近机器
机器们一圈又一圈
一天又一天
一月又一月
一年又一年

走近工厂
走近机器们
时间使我们彼此
心心相印
一天又一天
一月又一月
一年又一年

走近工厂
走近机器们
突然，我也成了一架机器
跟着不停地运转

打工时刻

地下通道之上是简易公路

简易公路之上是兰新公路

兰新公路之上是兰新铁路

兰新铁路之上是兰新高铁

我站在乌鲁木齐近郊 8 层楼高的

高速铁路上作业

目送那一列列东去西来的绿铁皮列车

喜迎一辆蜗牛一样爬行的货车

留恋那一辆疾驶的轿车

解读那些南来北往的人影

我站在乌鲁木齐近郊 8 层楼高的桥面上

除了努力作业

我想唱歌

也想写诗

那些移动的房子

一辆客车
犹如一间移动的房子
几辆客车
犹如几间移动的房子
每一天，我都乘坐在那些移动的房子里
忠于时间
忠于空间
东奔西跑
窗外的风景
虽然很优秀
我无暇顾及
或欣赏

望着窗外的风景
总想那些移动的房子，符合我的意愿
让窗外的每一幅风景
映入眼帘
植进诗里

一座高架桥

有一座高架桥
有那么一刻，在某个城市的上空
划过
仰望那座桥
一张又一张，无数张诱人的钞票
在可爱地舞蹈
一滴又一滴，无数滴透明的汗珠
自觉或不自觉地在流淌
一颗又一颗智慧的思想
在自由地闪烁

我是农民的儿子

只有我最热爱土地
因为我是农民的儿子

只有我是最亲近土地的人
因为我是农民的儿子

只有我对土地怀有最深厚的感情
因为我是农民的儿子

只有我最能读懂土地朴实的语言
因为我是农民的儿子

我有一双最勤劳的双手
因为我是农民的儿子

我时常沉浸在劳动的喜悦中
因为我是农民的儿子

我有一个最宽广的胸怀
因为我是农民的儿子

我有一个土地一样淳朴的心愿
因为我是农民的儿子

我始终不能忘本
因为我是农民的儿子

我永远为土地而歌
因为我是农民的儿子

打腰刀

保安山庄，还在沉睡

唤醒阁早已苏醒

悠扬的唤礼颂词

随风而去

又随风而来

催醒了沉睡的灵魂

保安山庄的女人们

早已燃起了火炉

保安山庄的男人们

站在火炉旁

丁当　丁当　丁当

钢花从勤劳的手中放飞

不容置疑，金制的刀柄

银制的鞘

锤是八百年前的

艺是祖传秘方

沙　娃

沙娃们
像候鸟一样
年初飞走了
年终又飞来了

那里阳光照射不到
那里绝对缺氧
那里没有微笑
那里没有音乐
那里只有奸笑
那里只有皮鞭
那里只有鬼魂
和冤屈

沙娃们
像候鸟一样
准时飞走了
又准时飞来了

我的农民工兄弟

今天，我走近一家工地

我的农民工兄弟们戴各种手套，安全帽

身着工作服

多么像一群国企工人

他们的脸却黄金般耐人寻味

走近任何一家工地，都半夜鸡叫

此起彼伏

周扒皮已埋葬在历史的深处

张扒皮、李扒皮、王扒皮却应运而生

像苍蝇、蚊子般猖狂

得志呢

下 岗

昨夜

人事处长跟我谈心

态度不是一贯的态度

语气分外的温柔

至到深夜

才亮出底牌

要我明天下岗

原因只有一条

是我出门不观

天色

进门不看

火色

一只硕鼠死了

一只硕鼠死了
暴尸于市
在中午的街头
有的人拍手称快，奔走相告
有的人踩上一脚，掩鼻而去
有的人流下一场虚汗
虚惊一场
有的人吓破了胆
缩头缩脑

明天
究竟谁是第二只硕鼠
善良的人们
拭目以待

走进机关

走进机关
科长像班长
处长像校长
最多的时候科长和处长
都像班主任

走进机关
渴望处长，科长和我
像同班同学
最终，科长和我
隔一座山
科长和处长
隔一座山
处长和我也
隔一座山

会议进行时

我用一个卑微者的身份
参会无数次
我像一只蚂蚁
穿过所有的听众席
走近主席台
任人践踏
任人蹂躏
最多的时候，我变成一只苍蝇或蚊子
飞到空中
用第三只眼睛
鸟瞰会议进行时

台上和台下
始终隔着一道隐秘的红线
台上的讲台上的
台下的讲台下的
台上的一定是圣人
理论总是那么完美
或口若悬河
或滔滔不绝

台下的一定是傻瓜
要么置若罔闻
要么机械性地举手
或鼓掌

我曾为雪舟献出了一片脚指甲

拥有驰名商标的雪舟

拥有国家免检产品的雪舟

拥有 4.6 亿元的雪舟

拥有 1.2 千人的雪舟

有人洒下了汗水

有人洒下了热血

有人献出了爱情

有人献出了青春

我，一个毛头小子

在某一次修理机械时，不慎

砸伤了脚

献出了我的一片脚指甲

后　记

文学使我懂得爱和恨，生活又让我百感交集。

我出生在小积石山下，黄河岸边世外桃源般的保安山庄——大墩村，这里有著名的大墩峡风景区，有被称为"积石锁钥"的静安堡（又称大墩堡），这里也是大禹治水的源头。迷人的景色，厚重的历史，多彩的文化，遐迩闻名。我对这里的山山水水，一草一木有特殊的感情。母亲是普通的保安族妇女，父亲是苦芦湾人的后裔，我出生于这样的一个农民家庭。父母亲均为老实本分的农民，有一点让我特别吃惊：父亲和母亲除了会讲汉语，保安语，还会讲一口流利的藏语。受父母亲的影响，我和弟弟们都能听懂或讲一点藏语，其实前辈的保安人都或多或少地会讲藏语。记忆深处，母亲会唱藏歌，当然用藏语；父亲也会唱藏歌，还会演奏笛子等乐器，是村里出了名的"唱把式（民间歌手）"。这些儿时的记忆，对我影响很大。那时我家人口多，母亲下地干活，父亲在黄河上放羊皮筏子摆渡，搞点副业，养家糊口。因为家里很穷，我勉强上完中学后，就开始走向社会谋生计。

我是个特别热爱故乡的人，漂泊在外的日日夜夜，保安山庄始终使我魂牵梦萦。记得我们甘肃著名诗人牛庆国说:故乡的诗,难写,写深了,怕碰着疼痛;写浅了,又怕被风吹走。我的处女诗集,终于付梓出版了,真有点欣慰,心中的一些酸楚,似乎瞬间消失得无影又无踪。我是个性格比较内向的人,至今我还是最害怕用汉语讲话,一张口,不自觉地夹杂着一些保安语,以至招来别人的嘲笑,因为我的母语是保安语,因为我从小讲母语讲习惯了的缘故吧。现在的我不但会讲汉语,还会用汉语写作,对我个人来说是一件了不起的超越。所有的情况并非如此美好,现在我的儿子和女儿能听懂保安语,但不讲保安语,只讲汉语。为此,我心中一直不是个滋味,因为母语是一个民族生存的主要标志之一。保安人正直、善良、质朴,在我的心中,她是世界上最可爱的人,保安语是世界上最优美的语言。我对诗歌的情感和取材许多来自于我的母族——保安族,或我的出生地——保安山庄,还有我坎坷不平的生活经历。

保安族文学和其他兄弟民族相比,发展有点不平衡。保安族有非常优秀的口头文学,但书面文学相对起步较晚,应该说保安族书面文学开始出现于二十世纪七十年代中后期,保安族著名摄影家丁生智老师在《甘肃文艺》(《飞天》的前身)上发表的民歌体花儿诗《火红的太阳当头挂》算是起点,到八十年代初才出现了自己的书面作家和作家群,其中代表性的作家有马少青、绽秀义、马文渊、马清湖等。随后又沉寂了约十余年间，直到二十世纪九十年代中期，马尚文、马祖伟、马沛霆、马学英、马青勇等作家加盟的"三代共处"或"四世同堂"，保安族文学又迎来了第二次文学创作的高潮。令人兴奋的是我们保安民族也终于出现了马婧、马春芳，马彩虹等女作家后起之秀。在保安族作家群里，准确地说，我是个草根诗人，业余作家，充其量也是个文化边缘人。

　　我的家乡临夏是"花儿"的故里，"花儿"又被称为世界的民歌，是鲜活版的《诗经》。故我把本拙诗集用我曾发表过的一首短诗《花儿漫过野风的山岗》为名。由于生于斯，长于斯的缘故吧，我对"花儿"情有独钟。说实话，对我来说读诗或写诗是一件非常快乐的事，但写好诗歌岂能是容易之事啊！我至今仍然站在诗歌的门槛外，贪婪地吸允诗歌艺术的无比魅力。我一面打工，一面读书，偶尔也写点"豆腐块"发表在诸多刊物中，这是我生活中最大的幸福，虽然文学或诗歌没有直接照亮我的生活，却照亮了我的内心深处。未来的日子里，我依然热爱文学。我永远不会忘记为了能买到一本好书，我曾在公共车上逃过票，无数次饿着肚皮回家。为了生计，我干过保安、会计、出纳员、保管员、统计员和电厂工人及州县某些机关单位的编外秘书工作，大多数时候当农民工。我的打工足迹踏遍本省兰州，酒泉和临夏等市（州）外，还踏遍广东惠州，江苏苏州，青海西宁、黄南、海东、海西、格尔木，内蒙古呼和浩特、包头和新疆乌鲁木齐、石河子、昌吉、伊犁等地区。我曾当过沙娃淘过金子，采过棉花、枸杞，在工厂流水线里作业过，在建筑工地当小工。尝遍了人间冷暖和看尽了各式各样人物的脸色。对我来说，这个薄情的世界里多情地活着，除了坚强，别无选择。当然文学的确给了我许多不小的幸福和荣誉感。我曾代表保安族作家到鲁迅文学院高级研讨班深造充电，有幸参加了中华人民共和国六十周年国庆大阅兵，在京西宾馆出席了国务院第四次全国民族团结表彰大会，在人民大会堂观看了大型史诗剧《复兴之路》。多次到中央电视台、北京中央国家机关工委大礼堂等地参与演出和录制节目，曾多次受到中国作家协会铁凝主席、李冰书记、狄吉马加书记处书记的亲切会见。

在此，我感激省文艺评论家协会常务副主席张存学老师百忙之中真情写序言。在我的文学创作道路上，忘不了教诲我的玛拉沁夫、艾克拜尔·米吉提、叶梅、汪玉良、伊丹才让、赵之洵、郝苏民、马自祥、尕藏才旦、李栋林、石彦伟、高志俊、马秀芬、金有录、马成良、钟翔、汪春霞、李小雨、谭五昌、安琪、牛庆国、陈昊、彭青、祁凤鸣、王国虎、安吉平等诗人作家评论家。特别感激临夏州民委主任马健先生和少语办主任田萍女士，积石山县长、著名保安族诗人马尚文先生的大力支持。也感激所有支持关注我的亲朋好友。有你们，我在人生路上不寂寞。

我时常沉浸在阅读的喜悦里，文学改变了我的人生态度，帮我辩解生活的真伪。我也骄傲我出生在诗歌的国度里，我自豪我有幸见证着我们中华民族全面繁荣昌盛的景象。文学的独立性和自由性让我敬畏文字，热爱文学，轻易不愿放弃。今秋也是多事之秋，我的家乡多次降下罕见的暴雨，受灾面积不小。我家的房屋也受损，部分院墙坍塌，家人尚在苟且，我却依旧追求诗和远方。即将付梓出版我的诗集《花儿漫过野风的山岗》之际，也是近年来我的身体最大的一次患病之时，加之自己才疏学浅，精力有限，时间仓促，错误在所难免。恳切希望各位读者、专家批评指点。